GRANDES CLÁSSICOS

O Essencial dos Contos Russos

© Sweet Cherry Publishing
The Easy Classics Epic Collection: The Brothers Karamazov. Baseado na história original de Fyodor Dostoevsky, adaptada por Gemma Barder. Sweet Cherry Publishing, Reino Unido, 2021.

Dados Internacionais de Catalogação na Publicação (CIP)
Angélica Ilacqua CRB-8/7057

Barder, Gemma
  Os irmãos Karamazov / baseado na história original de Fiódor Dostoiévski ; adaptada por Gemma Barder ; tradução de Willians Glauber ; ilustrações de Helen Panayi. - Barueri, SP : Amora, 2022.
  128 p. : il. (Coleção Grandes Clássicos : o essencial dos contos russos)

ISBN 978-65-5530-428-2

1. Ficção russa I. Título II. Dostoiévski, Fiódor III. Glauber, Willians IV. Panayi, Helen V. Série

22-6614   CDD 891.73

Índices para catálogo sistemático:
1. Ficção russa

1ª edição

Amora, um selo da Girassol Brasil Edições Eireli
Av. Copacabana, 325, Sala 1301
Alphaville – Barueri – SP – 06472-001
leitor@girassolbrasil.com.br
www.girassolbrasil.com.br

Direção editorial: Karine Gonçalves Pansa
Coordenação editorial: Carolina Cespedes
Tradução: Willians Glauber
Edição: Mônica Fleisher Alves
Assistente editorial: Laura Camanho
Design da capa: Helen Panayi e Dominika Plocka
Ilustrações: Helen Panayi
Diagramação: Deborah Takaishi
Montagem de capa: Patricia Girotto
Audiolivro: Fundação Dorina Nowill para Cegos

Impresso no Brasil

OS IRMÃOS KARAMAZOV

Fyodor Dostoevsky

amora

OS KARAMAZOVS

Fyodor Karamazov
Chefe da família

Smerdyakov Karamazov
Filho

Dimitri Karamazov
Filho

Ivan Karamazov
Filho

Alyosha Karamazov
Filho

Katerina Ivanova
Noiva de Dimitri

Grushenka Alexandrovna
Dona da taverna

Padre Zosima
Padre

Grigory
Empregado dos Karamazov

CAPÍTULO UM

Muito conhecido na bela cidade de Skotoprig, Fyodor Karamazov não era muito respeitado. Apesar de ter uma casa grande e ser muito rico, ele era considerado pelo povo como um homem cruel.

Fyodor Karamazov amava muito mais apostas e dinheiro do que os quatro filhos.

Quando era jovem, Fyodor havia conquistado o coração de Adelaida, uma jovem muito rica. Mas a família dela não o aprovava, achando que ele não era alguém confiável. Mas Adelaida ignorou todos os avisos que recebeu. Por fim, os dois se casaram e tiveram um filho, ao qual deram o nome de Dimitri.

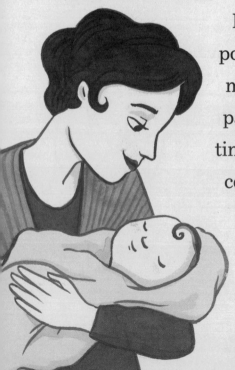

Fyodor prestava pouca atenção no menino. Preferia passar o tempo que tinha apostando com os amigos.

Mas Adelaida morreu de forma repentina e Fyodor perdeu completamente o interesse por Dimitri.

Pyotr, uma prima de Adelaida, percebeu que Dimitri estava sendo negligenciado pelo pai e, por sempre ter sido próxima de Adelaida, ofereceu-se para criar o menino. Fyodor nem se importou em discutir a proposta, e Dimitri foi levado por ela. O garoto cresceu em um lar feliz e amoroso, tendo notícias do pai apenas de forma ocasional e, por isso, sempre teve raiva do pai. Ele não conseguia entender por que tinha sido entregue para adoção tão facilmente.

Alguns anos depois, Fyodor se casou novamente. Sofya era jovem e inocente, e desconhecia as histórias sobre o mau comportamento de Fyodor. Ela se apaixonou profundamente por Fyodor. Mas, mesmo com todo esse amor, Fyodor não conseguia ser um bom marido. Passava os dias na taverna e desaparecia por muitas noites.

Sofya teve dois meninos. Primeiro nasceu Ivan e, um ano depois, Alyosha. Ela os amava muito e os protegia quando Fyodor voltava para casa furioso.

Mas a convivência com Fyodor abalou os nervos de Sofya. E ela ficou gravemente enferma. Ao saber que estava à beira da morte, Sofya escreveu para uma amiga, implorando para que levasse Ivan e Alyosha para morar com ela e o marido.

Assim, mais uma vez, os filhos de Fyodor foram levados. E novamente ele não se importou.

Fyodor continuou levando a mesma vida de sempre. A única coisa com que ele parecia se importar era com o dinheiro que tinha herdado de suas esposas, que ele gastava em festas luxuosas.

Alguns anos depois, Fyodor apareceu com um menino nos braços e o entregou a Grigory, um de seus criados. E disse ao homem que o bebê se chamava Smerdyakov e que precisava de alguém que cuidasse dele. Grigory sabia que o bebê era filho de Fyodor, mas ninguém sabia quem era a mãe.

Grigory era um homem gentil e extremamente leal tanto à família

Karamazov quanto ao patrão. Sem filhos, Grigory e a esposa acolheram a criança de bom grado.

Smerdyakov foi o único dos filhos de Fyodor que cresceu na casa Karamazov. No entanto, ele não era tratado como filho de Fyodor, e sim como empregado.

E Fyodor, por sua vez, não demostrava amor nenhum pelo menino, mandando nele da mesma forma como mandava em Grigory.

Apesar de conhecer o pai verdadeiro muito melhor do que qualquer um dos irmãos mais velhos, Smerdyakov cresceu com inveja por ter sido o único que não conseguiu escapar como os outros.

CAPÍTULO DOIS

À medida que cresceram, Dimitri, Ivan e Alyosha ficaram cada vez mais curiosos sobre o pai. E, com o passar do tempo, passaram a escrever cartas para casa, até o visitarem em Skotoprig. Os irmãos se deram conta de que o pai não havia mudado quase nada desde que eram pequenos. Ele continuava passando a maior parte do tempo na taverna, ou em casa, dando festas nada civilizadas. E assim os irmãos também se encontraram.

Por fim, Dimitri, Ivan e Alyosha acabaram indo morar em Skotoprig. Dimitri, o mais velho, serviu o exército quando ainda era jovem. Ele era alto e tinha herdado a beleza do pai. Mas herdou também muitos dos maus hábitos. Com o salário obtido no exército, Dimitri gostava de passar o tempo nas tavernas, o que o levou a ficar com pouquíssimo dinheiro.

Embora não se lembrasse da mãe, sabia que ela era de uma família rica.

E descobriu que, ao morrer, a mãe deixou uma grande fortuna para ele. E ele, por sua vez, tinha certeza de que Fyodor estava guardando esse dinheiro para si mesmo, além de estar determinado a encontrar uma forma de conseguir colocar as mãos no que era dele por direito. Por essa razão, Fyodor e Dimitri discutiam com bastante frequência.

Já Ivan era o mais inteligente dos irmãos. Ele havia cursado direito na universidade e estava a poucos passos de se tornar um advogado de sucesso.

Ele era mais baixo que os outros e tinha um rosto gentil e acolhedor. Ele ansiava por fazer parte de uma família de verdade. Mas, ao conhecer o pai, ficou desapontado. Fyodor foi rude, desrespeitoso e pouco inteligente. Ivan precisou se apegar aos irmãos para assim sentir que pertencia a algum lugar.

Alyosha era alto, como Dimitri, mas não tinha a mesma força do irmão. Ele se parecia com a mãe, o que o diferenciava dos outros dois, que tinham herdado os cabelos e os olhos escuros de Fyodor.

    Alyosha era o mais tolerante deles e estudava para se tornar um monge sob a orientação de um padre chamado Zosima. Apesar do comportamento de Fyodor, Alyosha o visitava regularmente. Ele queria ajudar o pai e os irmãos a encontrar a felicidade.

    E foi isso que fez Alyosha convidar o pai, Dimitri e Ivan para irem até o mosteiro, a fim de conversar com o padre Zosima. Ele sabia que, se existia alguém capaz de acertar as diferenças da família, esse alguém era o velho e bondoso padre.

O padre Zosima se sentou curvado em uma cadeira de madeira, no canto de uma pequena sala de pedra, com as mãos cuidadosamente cruzadas sobre o colo. Alyosha ficou por perto, para o caso dele precisar de alguma

coisa. Ivan se encostou na parede, observando o pai andar entre a porta e uma pequena janela.

Fyodor era baixinho e, mesmo sendo bonito, os anos de festas e madrugadas sem fim haviam

envelhecido seu rosto antes do tempo. Os olhos escuros brilhavam de raiva.

— Onde está aquele menino bobo? — soltou Fyodor. Eles estavam à espera de Dimitri para que a reunião pudesse começar. — Está claro que ele não respeita a sua autoridade, padre Zosima.

Ivan zombou do comportamento do pai.

— Se tem alguém nesta sala que não conhece o significado da palavra "respeito", é você — disse ele.

Ainda que tivesse concordado com tal reunião, Ivan achava tudo aquilo uma grande perda de tempo. Ele não acreditava em Deus, ou mesmo na capacidade do padre de ajudar. Além disso, não acreditava que o pai fosse capaz de mudar.

Fyodor dispensou Ivan apenas com um aceno de mão.

— Acho que já demos tempo suficiente para Dimitri. Talvez fosse melhor encerrar esta reunião...

Nesse mesmo instante, a porta se abriu. Dimitri olhou ao redor da sala, do pai para cada um dos irmãos. O rosto bonito estava coberto por uma barba curta. O que fazia com que parecesse que ele não tomava banho havia alguns dias.

— Perdoem o meu atraso — disse Dimitri, um pouco sem fôlego. —

Nosso *amado* pai me disse a hora errada. Se não fosse Smerdyakov me dizer onde vocês estavam, eu teria perdido completamente esta reunião.

Fyodor riu de forma maldosa. Ele só havia concordado com a reunião para impedir que Alyosha o incomodasse mais para frente. Ao informar para Dimitri a hora errada, ele esperava que a reunião fracassasse e, consequentemente, o filho recém--chegado fosse o culpado.

Ivan suspirou. O comportamento do pai era cansativo, porém, previsível.

— Então talvez possamos finalmente começar — disse Alyosha.

Padre Zosima se levantou lentamente. Alyosha ofereceu o braço para que ele se apoiasse.

— Receio não ter nada para oferecer a vocês — começou o padre. A voz dele já falhava por conta da idade. — Acho que cada um de vocês

conhece os próprios defeitos. Vocês sabem por que não conseguem se entender. Precisam olhar para dentro de si mesmos para assim encontrar a resposta para o problema que têm.

— Ah, *muito* bem, padre! — disse Fyodor de maneira sarcástica, batendo palmas. — Que palavras extremamente úteis as suas!

O rosto de Alyosha ficou vermelho de vergonha. Para ele, o padre Zosima era a figura de pai que Fyodor jamais havia sido. E ficou horrorizado diante da impressão que o velho padre teria da família. Mas, em vez de responder, padre Zosima se apoiou no braço de Alyosha e se ajoelhou. Ele beijou o chão aos pés de Dimitri. E então saiu da sala com Alyosha.

— Por que ele fez isso? — perguntou Dimitri, assustado com o comportamento do padre.

— Quem vai saber? Pergunte a Alyosha. — Ivan deu de ombros.

— Que manhã desperdiçada! — disse Fyodor, irado.

— Mas o que exatamente você desperdiçou, pai? — perguntou Dimitri com um sorriso sarcástico. — As tavernas nem abriram ainda.

Fyodor se aproximou do filho mais velho. Ivan se endireitou, pronto para intervir caso se mostrassem dispostos a brigar.

— Por que você não vai passar um tempo com a sua noiva? — Fyodor sussurrou para Dimitri. — Não gostaríamos que ela descobrisse sobre sua outra pretendente, não é mesmo?

Antes que Dimitri pudesse reagir, Fyodor saiu pela porta.

CAPÍTULO TRÊS

Dimitri estava noivo de uma jovem chamada Katerina Ivanova. Ela era filha do homem que havia sido seu comandante durante o período em que ele serviu o exército. Dimitri gostava de Katerina. Mas foi só a partir do momento em que a moça herdou uma grande fortuna dos avós que ele pensou pedi-la em casamento.

Katerina estava sentada escovando os longos cabelos escuros

no espelho do corredor da casa da tia, em Skotoprig.

E estava ali para ficar mais perto de Dimitri e assim planejar o casamento.

Dimitri tinha sido o oficial mais bonito do regimento do pai e Katerina

pensou ser a garota mais sortuda do mundo quando ele a pediu em casamento.

O noivado deles havia ocorrido meses antes. No entanto, apesar de perguntar a ele todos os dias sobre a data do casamento, Dimitri nunca marcava.

Desde que havia deixado o exército, Katerina sentiu que Dimitri estava se afastando dela.

Ela largou a escova e suspirou diante do reflexo no espelho.

— Tenho certeza de que Dimitri disse que me visitaria esta noite. Mas onde ele está? A reunião no mosteiro não pode ter demorado tanto assim.

A tia de Katerina a levou para a sala de estar e mexeu nas brasas da lareira.

— Acho que nós duas sabemos onde ele está — disse, zangada.

Katerina alisou o vestido de seda e cruzou os braços.

— Não vou ficar ouvindo isso de novo, tia. Já disse para você que não acredito em fofocas.

A tia de Katerina tinha ouvido falar que Dimitri passava todo o tempo que tinha com Grushenka Alexandrovna, a dona de uma taverna. O lugar vivia

cheio de homens que
adoravam estar na
companhia dela. Mas
era com Dimitri
que Grushenka
mais gostava de
estar.

Depois de mais de uma hora de espera, Dimitri finalmente chegou. Ele continuava zangado pelo fato de a reunião com o pai não ter saído conforme esperava. E acreditava que o padre Zosima seria capaz de convencer Fyodor a lhe dar o dinheiro a que tinha direito. Mas, em vez disso, o velho padre beijou o chão sob seus pés.

— Como foi a tal reunião? — perguntou Katerina de maneira doce, pegando o casaco de Dimitri. — Vocês devem ter tido muito sobre o que falar. Afinal, está bem atrasado.

Dimitri se serviu de uma bebida que estava na mesinha ao lado da lareira.

— A reunião foi inútil. Depois fui até a taverna — ele disse.

Katerina respirou fundo. Ela ficou feliz porque a tia tinha saído da sala. Assim não ia ter que ouvi-la dizer *eu avisei*.

— Achei que talvez pudéssemos conversar sobre o casamento — disse Katerina. Dimitri se sentou em uma poltrona confortável e esticou as pernas.

— Você ainda quer se casar comigo, Katerina? — perguntou, pensativo.

— Talvez tenhamos nos apressado ao ficar noivos.

Katerina começou a entrar em pânico. No fundo, sabia que Dimitri tinha mudado de ideia sobre o casamento, mas ela não queria admitir.

— Que bobagem! — disse, fingindo estar contente. — Na verdade, eu tenho um trabalho para

você, do tipo que só posso confiar no meu noivo para fazer.

Katerina pegou a bolsa, tirou dela uma grande quantia em dinheiro e o entregou a Dimitri.

— Preciso que você leve isso até o banco para mim — disse ela. — Basta mencionar o meu nome e entregar o dinheiro. Eles saberão o que fazer.

Dimitri pegou todas aquelas notas e as colocou no bolso interno do casaco. Sua vida, até aquele momento, tinha sido cheia de raiva e frustração. Ele cresceu sem mãe, e o pai não era uma pessoa boa. Katerina era a chance que ele tinha de fazer parte de uma família rica e feliz, deixando assim o passado para trás. Mas por que estava se questionando sobre abraçar ou não aquilo?

— Claro — disse ele por fim. — Farei isso pela manhã.

CAPÍTULO QUATRO

Grushenka Alexandrovna estava no canto da taverna e sorria. O lugar estava cheio de gente se divertindo, como acontecia quase todas as noites, e as caixas registradoras transbordavam de dinheiro. Sabia que os clientes falavam dela, afinal não era nada comum uma mulher jovem ter o próprio negócio. Mas Grushenka não se importava. Ela arrumava o cabelo loiro em penteados extravagantes, usava roupas brilhantes e passava as noites conversando com os convidados.

Porém, ainda que amasse a taverna, aquela não era a vida que ela havia imaginado para si. Poucos anos antes, um oficial polonês chamado Mussyalovich havia pedido sua mão em casamento por um oficial polonês chamado Mussyalovich.

E ela nunca tinha estado tão apaixonada. Mas Mussyalovich a deixou sem dizer uma palavra sequer. Depois disso, Grushenka começou a trabalhar na taverna, economizando bastante para mais tarde comprá-la. Ela trabalhava duro para esquecer o amor perdido e ocupava seu tempo e conhecendo gente nova.

— Dimitri! — gritou Grushenka. Em pouco tempo, Dimitri Karamazov havia se tornado o seu cliente favorito, e o mais frequente. — Achei que você tivesse ido para casa esta noite.

Depois de deixar Katerina, Dimitri pretendia mesmo voltar para o apartamento onde morava, mas a ideia de rever Grushenka era forte demais. Desde a primeira noite em que a vira, só pensava na dona da taverna. Era um amor muito mais forte do que qualquer coisa que já havia sentido por Katerina. Mas era Katerina a sua passagem para um futuro estável, seguro e rico. O coração dele, no entanto, desejava Grushenka.

Por não querer ser magoada por outro homem, ela tentava esconder de Dimitri os verdadeiros sentimentos que nutria por ele. Mas ele sabia que Grushenka também gostava da companhia dele.

— Grushenka, tire a noite de folga e venha jantar comigo — disse Dimitri.

— Não posso fazer isso —, respondeu ela, rindo. — E existem duas grandes razões para isso. Em primeiro lugar, você está noivo de outra mulher. Em segundo, você não tem dinheiro suficiente para me levar para jantar.

Dimitri então encarou os olhos azuis-escuros de Grushenka. E naquele mesmo instante, sentiu que faria qualquer coisa para estar com ela.

E, dessa forma, também se deu conta de que não poderia mais continuar noivo de Katerina.

— Traga-me caneta e papel — pediu Dimitri. Quando Grushenka os entregou, Dimitri então escreveu um recado para o irmão, Alyosha, pedindo que ele fosse até Katerina para, dessa forma, romper o noivado em seu lugar. Sabia que não existia homem mais gentil na Terra para dar uma notícia como aquela. Em seguida, enfiou a mão no bolso e tirou o dinheiro que Katerina havia dado a ele. A culpa que sentia por roubar de Katerina não era tão forte quanto a necessidade de manter Grushenka ao lado dele.

— Aqui tem dinheiro suficiente não só para jantarmos, como também para darmos um passeio de carruagem e dançarmos a noite toda! — exclamou.
— E agora, você vai ser minha?

Grushenka riu com alegria. Muitos dos homens ali haviam tentado impressioná-la, mas ninguém até então tinha conseguido. Até que finalmente aceitou o convite para jantar com Dimitri. De mãos dadas, deixou que ele a conduzisse até o restaurante mais elegante da cidade.

Alyosha estava rezando no monastério. Haviam se passado alguns dias desde o encontro com a família, e o padre Zosima tinha ficado doente. Ele já era muito velho e o médico não tinha certeza de quanto tempo de vida ainda lhe restava. Alyosha tentou se concentrar nas orações, mas uma batida à porta o surpreendeu. Com ela, havia um bilhete em seu nome.

Caro Alyosha,

Você é o melhor dos meus irmãos. E, justamente por isso, preciso pedir para que faça algo por mim, mas não é uma coisa fácil. Quero que diga a Katerina que nosso noivado acabou. Eu amo outra pessoa. Peça a ela para me esquecer. E diga também, por favor, que sinto muito pelo dinheiro que ela confiou a mim.

Dimitri

Alyosha tentou não julgar o irmão. Ele sempre procurou ver o que havia de melhor em todas as pessoas. Mas não pôde deixar de sentir raiva de Dimitri. Katerina era uma boa pessoa e não merecia tal tratamento.

Alyosha fez o que o irmão havia pedido. Deu a notícia e tentou confortar Katerina enquanto ela chorava em seus braços.

Depois de um certo tempo, Katerina finalmente pareceu ter conseguido organizar os pensamentos. Ela assoou o nariz, agradeceu a Alyosha por ter ido contar a ela e disse:

— Eu vou trazê-lo de volta para mim, Alyosha. Espere só e verá!

CAPÍTULO CINCO

Ivan estava sentado de frente para a lareira na casa do pai. Ele tinha ido visitá-lo, porém, ainda que já fosse quase hora do almoço, Fyodor ainda estava na cama.

— Ele foi dormir muito tarde, senhor — disse Grigory já se desculpando.

Ivan entendeu. Ele não precisava de mais explicações. Quando Grigory disse que o pai tinha ido dormir

muito tarde, isso significava que ele havia passado a noite em uma grande festa.

— Vou esperar — disse Ivan.

Enquanto isso, Alyosha chegou.

— Você parece cansado, irmão — disse Ivan, quando Alyosha se juntou a ele em frente à lareira.

— Estou mesmo — respondeu ele. — Ontem, Dimitri me pediu para terminar o noivado com Katerina em seu lugar. Ela ficou muito chateada e não consegui pensar em mais nada desde então.

Ivan pareceu chocado.

— Mas por quê? Katerina é linda e rica. O que mais ele poderia querer de uma mulher?

— Vou visitá-la novamente esta tarde — disse Alyosha dando de ombros.

— Deixe que eu vou — Ivan disse de sobressalto. — Gostaria de ver se ela está bem. Você deveria passar mais tempo com o padre Zosima.

Alyosha concordou.

— É verdade, isso seria melhor — disse, bem sério. — Ele está muito doente. Não sei quanto tempo ainda tem de vida.

Ivan respirou fundo. Ele amava Katerina desde o momento em que

Dimitri a apresentou para a família. Ele podia ver a honestidade e a bondade dela.

Percebeu também que Dimitri era muito parecido com o pai em diversos aspectos e que, um dia, ele poderia machucar Katerina.

Ivan jurou que, caso isso acontecesse, ele mesmo cuidaria dela.

E agora finalmente tinha acontecido.

Enquanto caminhava até a casa da tia de Katerina, Ivan alisou o cabelo e pensou no que poderia dizer para que ela se sentisse melhor. Talvez, com o tempo, ela acabasse se esquecendo de Dimitri e assim os dois poderiam ficar juntos.

— Ivan, você é tão gentil em vir me ver — disse Katerina, dando a ele as boas-vindas na sala de estar. Ivan ficou confuso. Katerina parecia feliz, e não com o coração partido.

— Fico feliz em ver você tão bem — disse ele. — Depois das notícias de ontem, achei que estivesse infeliz.

Katerina deu uma risadinha.

— Mas ontem eu *estava mesmo* infeliz. Só que hoje estou feliz de novo! Sei que o meu amor vai voltar para mim.

— Ele vai? — perguntou Ivan, surpreso.

Katerina balançou a cabeça, caminhando para o outro lado da sala onde havia alguém nas sombras. Ela conduziu a pessoa em questão até Ivan. Era Grushenka!

— Esta pessoa maravilhosa também veio me ver esta manhã —

disse Katerina, acariciando o braço de Grushenka. — Você já conhece Grushenka, não é mesmo? Este é Ivan, irmão de Dimitri.

— Ah, sim! — disse Grushenka. — Vocês têm os mesmos olhos, embora você não seja tão alto quanto Dimitri.

Ivan ficou ainda mais confuso. Ele tinha ouvido Dimitri falar sobre Grushenka diversas vezes, mas não fazia ideia do porquê Katerina ficaria feliz em vê-la.

— Esta é a mulher por quem Dimitri está apaixonado — disse, hesitante, a Katerina.

Katerina bateu palmas.

— Mas é exatamente esse o ponto!

Grushenka diz que não ama Dimitri, a paixão não é recíproca. Ela só tem um único amor verdadeiro, assim como eu, e não vai mudar de ideia. É um oficial do exército polonês e ela está esperando a sua volta. Os homens são tolos e não sabem de nada. Não é mesmo, Grushenka?

Ivan olhou para a dona da taverna. Era muito bonita. E ele tinha acabado de perceber por que Dimitri havia se apaixonado com tanta facilidade. Porém, ao mesmo tempo, havia algo de cruel e calculista nos olhos dela.

— Nós duas chegamos a um acordo — continuou Katerina. —

Grushenka vai deixar Dimitri livre para que ele volte para mim.

— Obrigada por uma manhã tão adorável — disse Grushenka ao se virar e andar em direção à porta. Então, ela parou e seu rosto foi tomado por um sorriso perverso.

— Na verdade, acho que mudei de ideia.

Imediatamente, o rosto de Katerina passou da alegria ao medo.

— Eu não entendi.

— Ah, veja bem — disse Grushenka, em tom jocoso, mexendo no vestido. — Antes eu não queria Dimitri, mas depois de ouvir você falar sobre ele a manhã toda, acho que agora eu o quero. Talvez em algumas horas eu não o queira de novo. Preciso ver como vou me sentir em relação a ele.

O rosto de Katerina ficou vermelho de raiva.

— Mas você concordou!

— Foi um prazer conhecê-lo, Ivan — disse Grushenka, dando de ombros.

Ivan não respondeu. Ele segurou o braço de Katerina quando ela começou a chorar. E os dois observaram Grushenka enquanto ela saía da casa.

CAPÍTULO SEIS

Alyosha se sentou próximo à cabeceira da cama do padre Zosima. A sala estava cheia de velas, e os monges sussurravam orações pelo padre.

— Alyosha — resmungou padre Zosima. O aprendiz pegou a mão magra e ossuda do padre, inclinando-se para ouvir o que ele tinha a dizer. — Você precisa ajudar sua família.

E continuou:

— Quando me ajoelhei aos pés do seu irmão, percebi uma enorme tristeza acontecendo na vida dele. Você precisa me deixar. Não há nada que possa ser feito por mim, mas você é capaz de ajudar sua família antes que seja tarde demais.

Alyosha se levantou e gentilmente colocou a mão do padre Zosima de volta na cama. Ele ficou surpreso e ao mesmo tempo assustado com as palavras que ouviu. Fez então uma oração final, enxugou as lágrimas e saiu para encontrar os irmãos.

Smerdyakov carregava uma bandeja de prata e sobre ela havia um bule e três xícaras de porcelana. Fyodor estava tendo uma rara noite tranquila de frente para a lareira, e Ivan e Alyosha se juntaram a ele.

— Que bando mais miserável esse dos meus filhos — disse Fyodor, enquanto Alyosha se sentava próximo do fogo. — O estudioso apaixonado, o fanático religioso e *ele*!

Ele fez um sinal para Smerdyakov, que de forma obediente serviu o chá.

— Um idiota que eu tenho que pagar para me servir.

Smerdyakov colocou o bule na bandeja e encontrou um canto tranquilo para se sentar. Com pena do meio-irmão, Ivan deu a ele alguns livros de direito para ler. Smerdyakov ficou animado ao descobrir que um dos irmãos era advogado e Ivan sentiu que deveria estimular os interesses dele.

— E quanto ao Dimitri? — perguntou Fyodor.

— Ele não serve para nada. Ele só vem me ver quando quer me pedir dinheiro!

Ivan e Alyosha trocaram um olhar. Na verdade, nenhum deles teve notícias de Dimitri desde a chegada do bilhete enviado na noite em que o noivado terminou. Mas isso não era incomum quando se tratava de Dimitri. Ele costumava desaparecer por dias a fio sem uma palavra.

— Pai, acha que o senhor e Dimitri conseguiriam se dar um pouco melhor? — perguntou Alyosha. Ele queria fazer o que o padre Zosima havia lhe pedido e assim ajudar a reunir sua família.

— E por que deveríamos? Ele passa o tempo todo com raiva e é obcecado por dinheiro. — Fyodor zombou.

— Então talvez fosse melhor o senhor dar a ele o dinheiro que a mãe deixou — disse Ivan, calmamente. — Nós sabemos que está com você. Mas, legalmente, esse dinheiro pertence a ele.

O rosto de Fyodor ficou vermelho. E estava prestes a responder, quando a porta da sala de estar se abriu. Dimitri entrou por ela, seguido por Grigory.

— Sinto muito, senhor, ele entrou à força! — disse Grigory.

— O que o senhor andou dizendo a Grushenka? — gritou

Dimitri. Seus olhos correram a sala descontroladamente e se fixaram no pai. Smerdyakov se sentou e ficou observando o irmão mais velho rodar como se fosse um animal selvagem. — Ela não fala comigo há dias. E não vai me ver na taverna. Eu sei que isso é resultado da sua intromissão!

Dimitri avançou sobre o pai, mas Fyodor não teve medo. E quanto mais calmo o pai ficava, por outro lado, mais irritado Dimitri ficava.

— Ah, a querida Grushenka! — disse Fyodor, sorrindo. — Ela é uma boa garota. De vez em quando ela me traz uma garrafa da minha bebida favorita e nós conversamos. — Com desdém, Fyodor acenou com a mão para o filho mais velho. — Agora, o que ela vê em você eu nunca vou entender.

Com gentileza, Ivan e Alyosha pegaram os braços do irmão, a fim de contê-lo para que não fosse para cima do pai.

— É muito do seu feitio mesmo sussurrar desconfianças sobre mim nos ouvidos dela! — disse Dimitri. — Mas, um dia, você ainda vai ter o que merece. Então eu, Alyosha, Ivan e até Smerdyakov finalmente seremos felizes.

Dimitri saiu de casa com raiva nos olhos e o som da risada cruel de seu pai ecoando em seus ouvidos.

CAPÍTULO SETE

Depois que Dimitri saiu, Fyodor foi para o quarto. Preocupado com o irmão, Alyosha decidiu encontrar Dimitri e também foi embora. Smerdyakov então começou a limpar as coisas do chá.

— Deixe-me ajudar você — disse Ivan, pegando a bandeja para Smerdyakov carregar.

— Obrigado — respondeu ele, baixinho. — E obrigado pelos livros e os outros textos. Acho a lei uma coisa muito interessante.

Ivan sorriu. Os irmãos eram todos tão diferentes dele. Era bom ter algo em comum com pelo menos um deles.

— O que você mais gostou de ler? — perguntou Ivan.

— Gostei do texto sobre crimes bons e crimes ruins — respondeu Smerdyakov. — Concordo que haja crimes que podem ser bons. Por exemplo, não há problema em invadir um prédio se ele estiver em chamas e você for resgatar uma criança. Ou mesmo lutar contra alguém se essa pessoa estiver tentando roubar você.

Ivan seguiu Smerdyakov até a cozinha.

— É um tema complexo — disse Ivan. — Eu ficaria feliz em contar com mais detalhes sobre algumas das ideias que os meus colegas têm sobre isso.

Smerdyakov concordou alegre e assim os dois irmãos se sentaram juntos diante da bancada da cozinha.

Dimitri não estava no apartamento dele, então Alyosha foi até a taverna de Grushenka. Bateu suavemente à porta dos cômodos que ficavam no andar de cima, onde Grushenka morava.

Quando a porta se abriu, Alyosha deu um passo para trás. Um homem

alto, com cabelo curto e arrumado, estava na frente dele. Ele vestia um uniforme do exército polonês.

— O que você quer? — disse o homem, sem rodeios.

E, de repente, Grushenka correu para o lado dele.

— Você é o irmão de Dimitri, não é? — exclamou ela, feliz. — Entre.

Alyosha alternou o olhar do homem para Grushenka. Ela havia enlaçado seu braço no dele e descansado a cabeça no ombro do futuro monge amorosamente.

— Não, obrigado — disse Alyosha de forma educada. — Meu irmão estava à sua procura. Talvez seja melhor eu dizer a ele que está ocupada no momento.

Ficou claro para Alyosha que aquele homem era a razão pela qual Grushenka estava evitando Dimitri. Se ela não queria mais ficar com o irmão, Alyosha gostaria de ser o portador daquela notícia.

Ele tinha certeza de que era o único capaz de manter Dimitri calmo.

Grushenka sorriu para o oficial.

— Fale para ele que estou feliz, que o meu único e verdadeiro amor voltou para mim — disse Grushenka. — Espero que você não pense muito mal de mim. Eu já amei seu irmão sim, talvez por uma hora ou mais até, mas você sabe como o coração pode ser...

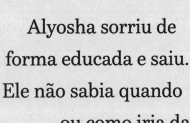

Alyosha sorriu de forma educada e saiu. Ele não sabia quando ou como iria dar aquela notícia a Dimitri. Talvez essa fosse a grande tristeza sobre a qual o padre Zosima o havia alertado. E, caso realmente fosse, então era seu dever cuidar do irmão. Ele precisava contar tudo para Dimitri imediatamente.

CAPÍTULO OITO

Na manhã seguinte, Ivan acordou sentindo um contentamento que não sentia havia muito tempo. Aquela conversa com Smerdyakov o fez se sentir como um irmão mais velho de verdade. Ele nunca teve a oportunidade de ajudar ou orientar Alyosha, cuja determinação em estudar a religião nunca foi algo que Ivan algum dia entenderia. Mas Smerdyakov se apoiava em cada palavra sua.

O menino não era inteligente o bastante ou tinha dinheiro suficiente para se tornar advogado. No entanto, talvez com a ajuda de Ivan, um dia, ele se tornasse assistente ou mesmo um escriturário de um escritório de advocacia.

Enquanto Ivan pensava em formas de ajudar o irmão mais novo, os passos o levaram até a casa da tia de Katerina. Desde aquela tarde com Grushenka, ele ficou preocupado com Katerina. Percebeu que o coração dela

estava partido e desejou ser capaz de consertá-lo. Era verdade que Ivan não era tão alto ou bonito quanto Dimitri, porém, era honesto e gentil. Se Katerina pudesse notar aquilo, talvez considerasse ser sua esposa.

Só que os devaneios de Ivan foram interrompidos pela visão de baús de bagagem sendo carregados em uma grande carruagem. E a tia de Katerina dava instruções ao cocheiro. Foi então que Ivan viu a própria Katerina.

— Você parece ocupada — disse ele, inclinando a cabeça para cumprimentá-la.

— Olá, Ivan! — exclamou Katerina. — Estou voltando para casa, em São Petersburgo.

O coração de Ivan pareceu se afundar no peito.

— Mas quando você vai embora? — ele perguntou.

— Amanhã. Minha bagagem está indo antes de mim.

Ivan então aproveitou a oportunidade.

— Gostaria de jantar comigo esta noite? — perguntou. — Eu odiaria saber que as suas últimas lembranças desta cidade foram infelizes.

Forçando um sorriso no rosto pálido, Katerina aceitou o convite.

Alyosha estava na pequena sala de estar do apartamento de Dimitri.

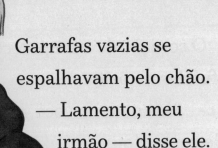

Garrafas vazias se espalhavam pelo chão.

— Lamento, meu irmão — disse ele. — Acredito que Grushenka na verdade queira ficar com esse outro homem.

— O problema é dinheiro — disse Dimitri com uma voz sussurrada, esfregando a barba e com o olhar perdido através da janela.

Alyosha não entendeu.

— Grushenka acredita que eu não seria capaz de sustentá-la. Mas, se eu tivesse o dinheiro que minha mãe deixou e que o nosso pai está escondendo de mim, eu poderia mostrar a ela que tenho condições de cuidar dela.

Você já pediu dinheiro para o pai antes. Ele não vai dar nada para você

— respondeu Alyosha balançando a cabeça.

— Mas ele tem que me dar! — gritou Dimitri. — Não posso começar uma vida com Grushenka sem ter dinheiro. Além disso, preciso devolver o dinheiro que peguei de Katerina. Se fizer tudo isso, se eu conseguir consertar as coisas, Grushenka vai esquecer esse oficial polonês.

Dimitri se levantou e pegou o atiçador de brasa no suporte próximo da lareira apagada. Ele sentiu o peso do objeto em suas mãos, e seu rosto começou a ficar sombrio e ameaçador.

— O que você pretende fazer com isso? — perguntou Alyosha, assustado.

— Não vou encostar isto aqui nele, mas nosso pai é um covarde. Se ele não me der o dinheiro, vou assustá-lo até que me entregue.

CAPÍTULO NOVE

A casa de Fyodor Karamazov estava na penumbra. Algumas velas tremeluziam lá dentro, mas a sala em si estava vazia. Dimitri parou junto ao muro do jardim, esperando por algum sinal do pai. Logo, ele viu uma sombra tropeçando na janela do quarto de seu pai.

Dimitri olhou do atiçador em sua mão até a sombra de seu pai. Até que, de repente, o plano que ele tinha em mente pareceu inútil.

Ele já tinha tentado tantas vezes conseguir o dinheiro que a mãe havia deixado. Por que o pai concordaria em deixar esse dinheiro com ele especificamente naquele dia, quando já tinha recusado tantas vezes antes?

Dimitri suspirou. A verdade é que ele devia ir ver Grushenka e tentar conquistá-la independente do dinheiro.

Nesse momento, Dimitri sentiu uma mão agarrar seu ombro em meio à escuridão. Seus instintos de soldado o fizeram girar e golpear a pessoa com o atiçador.

Horrorizado, Dimitri recuou quando reconheceu Grigory deitado no chão. O velho empregado da casa deve tê-lo visto no jardim e achado que era um estranho.

Apavorado com o que tinha feito, Dimitri largou o atiçador e correu para longe dali.

E não parou de correr até chegar à taverna de Grushenka. O lugar estava cheio, com os clientes mais frequentes. Dimitri olhou de rosto em rosto, cada um deles feliz e despreocupado.

— Onde está Grushenka? —

perguntou a uma jovem que estava limpando as mesas.

— No andar de cima, no apartamento dela. E ela não quer ser perturbada — respondeu a jovem, sem qualquer rodeio.

Dimitri balançou a cabeça e a ignorou. Subiu as escadas e, com as mãos fechadas, bateu à porta do apartamento de Grushenka.

Quando Grushenka abriu a porta, Dimitri notou que ela havia coberto

o vestido vermelho brilhante com um xale cinza um tanto sombrio. E percebeu também que ela não estava usando maquiagem. O cabelo loiro estava preso em um coque simples.

— Dimitri — disse educadamente, deixando que ele entrasse. — Quero apresentá-lo ao oficial Mussyalovich. — Grushenka se dirigiu de forma silenciosa até uma cadeira no canto da sala.

Dimitri encarou o homem, tendo finalmente a chance de ver a pessoa que havia enfeitiçado Grushenka. Sua jaqueta militar estava jogada sobre uma cadeira e ele jogava cartas com outro soldado.

— Por que não se junta a nós para jogar cartas? — perguntou Mussyalovich com um sorriso de escárnio, chutando uma cadeira na direção de Dimitri.

Dimitri não conseguia pensar em nada que fosse menos desagradável do que aquilo. E olhou para Grushenka. Era como se toda a luz tivesse desaparecido dos olhos dela.

— Não perca seu o tempo com ela, meu amigo — disse Mussyalovich. — Ela é inútil. Por que você acha que eu fiquei tanto tempo longe? Quando cheguei aqui esta noite, ela estava com o cabelo preso nesse estilo comum, usando um vestido que a fazia parecer uma mulher barata.

Grushenka olhou para baixo, com os olhos cheios de lágrimas.

Dimitri se esforçou para se manter controlado.

— Então por que você voltou? — perguntou, cerrando os dentes.

— Parece que minha pequena Grushenka fez sucesso aqui. Esta taverna é uma mina de ouro — disse Mussyalovich, rindo. — Até posso suportar viver com ela se ela compartilhar esse tesouro comigo.

Dimitri não podia acreditar no que estava ouvindo. Grushenka tinha escolhido aquele homem rude e desagradável em vez dele. Porém, conseguiu perceber que ela não estava feliz. Grushenka havia enterrado o rosto nas mãos e estava chorando.

— O coração é uma coisa engraçada — disse Dimitri, dando um passo na direção de Mussyalovich. — Às vezes nós achamos que estamos apaixonados por alguém, quando, na verdade, estamos apaixonados pela ideia que temos dessa pessoa.

Grushenka olhou para Dimitri. Mussyalovich largou as cartas.

— Que bobagem é essa? Do que você está falando? — perguntou Mussyalovich.

— Acho que Grushenka cometeu um erro — disse Dimitri. — Ela achava que você era o homem dos sonhos dela. Mas, na realidade, você não é nada disso.

Mussyalovich se levantou, derrubando a cadeira.

— Eu não vou ouvir mais isso! Grushenka, mande este homem ir embora da sua casa ou quem vai sair daqui serei eu.

Grushenka pulou de seu canto e correu para Dimitri.

— Muito bem! — gritou Grushenka. — Então você pode ir embora!

E assim, o feitiço finalmente foi quebrado. Um dia, ela o amara demais, mas agora era capaz de ver como Mussyalovich tinha se transformado em um ser cruel. E, o pior, como ele a tinha feito ser cruel também. Com Dimitri ao seu lado, Grushenka sabia que estava finalmente com o homem com quem realmente deveria estar.

Quando Mussyalovich e o companheiro deixaram a taverna, Dimitri pegou Grushenka e a girou nos braços. Os dois se sentiam finalmente felizes.

CAPÍTULO DEZ

Mas a alegria de Dimitri e Grushenka não durou muito. Pouco tempo depois de terem limpado a sala de qualquer vestígio de Mussyalovich, alguém bateu à porta. E então dois policiais entraram na sala.

— Dimitri Karamazov? — perguntou o mais alto dos dois.

Os ombros de Dimitri caíram. Ele sabia o porquê de estarem ali. Certamente o pobre Grigory tinha morrido com o golpe que ele havia dado mais cedo.

— Sim, policial. Sou eu mesmo — disse ele. Dimitri estava com medo, mas de alguma forma se sentia calmo tendo Grushenka ao seu lado. Ele sabia que precisava enfrentar as consequências do que havia feito.

— Você está preso por assassinato — disse o oficial mais baixo, enquanto pegava as algemas.

— Sinto muito. Não queria ter machucado o velho Grigory... – disse Dimitri estendendo os pulsos para ser algemado.

— Grigory? — perguntou o oficial mais alto, visivelmente confuso. — Grigory está bem, com exceção de um galo na cabeça. Foi ele quem nos alertou sobre o assassinato do seu pai.

Dimitri deu um passo para trás.

— Meu pai? Está querendo me dizer que... meu pai está morto? — Dimitri entrou em choque. — Mas eu não matei meu pai!

Dimitri estava sozinho na cela da prisão. Uma pequena luz entrava através da janela alta e gradeada, iluminando o chão de pedra. Ele se sentou na cama dura feita de palha e olhou para as mãos. Por muitas vezes

Dimitri quis ver o pai morto, mas ele jamais teria sido capaz de matá-lo.

A data de seu julgamento foi marcada. Dimitri sabia que haveria muitas testemunhas que poderiam confirmar o ódio que ele sentia pelo pai. Sua inocência não significaria nada quando o tribunal ouvisse as alegações.

A fechadura da cela de Dimitri girou com muito barulho e, em seguida, a porta se abriu.

— Ivan, Alyosha — disse Dimitri, levantando-se para abraçar os dois. — Eu não matei nosso pai, meus irmãos. Vocês precisam acreditar em mim.

Ivan puxou um banquinho de madeira e se sentou de frente para a cama do irmão.

— Eu sei disso — ele disse. — Nós dois sabemos disso. — Alyosha ofereceu um pequeno sorriso ao irmão e acenou com a cabeça, permanecendo em pé perto da porta.

— Há alguma coisa que nós possamos fazer para ajudar? — perguntou Ivan. — Alguém com quem possamos conversar?

Dimitri riu.

— Só se você souber quem é o verdadeiro assassino — disse ele, de forma amarga. — E o Smerdyakov? Com certeza ele estava na casa quando tudo aconteceu.

Alyosha balançou a cabeça.

— Ele passou mal no início do dia. Estava no quarto, dormindo, quando ocorreu o assassinato. Os irmãos discutiram quem poderia odiar tanto o pai deles a ponto de matá-lo. Fyodor Karamazov não era uma

pessoa muito querida em Skotoprig. Consequentemente a lista foi ficando cada vez maior.

— Vou passar esses nomes para o detetive responsável pelo caso — disse Alyosha. — Talvez ajude.

Dimitri sorriu para o irmão caçula. Ele não tinha muita esperança, mas amava o otimismo de Alyosha.

— Deixe-me falar com Smerdyakov — disse Ivan. — Talvez ele consiga me dizer algo de que teve medo quando esteve com os policiais.

Os irmãos se abraçaram antes de deixar Dimitri sozinho em sua cela.

CAPÍTULO ONZE

Ivan abriu a porta da casa do pai e entrou lentamente. A casa estava estranha e silenciosa. O único ruído que se ouvia no ambiente era do fraco tique-taque do relógio de pêndulo que havia no corredor. Quando ele entrou na sala, a lareira não estava acesa.

— Ivan?

Ivan deu um pulo, assustando-se com o som da voz. Era Smerdyakov. Ele estava na cadeira em que costumava se sentar no cantinho da sala. E, de certa forma, parecia diferente.

— Smerdyakov, você está se sentindo melhor?

Ele sorriu.

— Nunca me senti tão feliz, meu querido irmão — ele respondeu.

Ivan franziu a testa. Ele não era próximo do pai, mas não conseguia pensar em se sentir "feliz" com a morte dele.

— Ouvi dizer que você está doente. O que houve? — perguntou Ivan.

Smerdyakov começou a rir. Ele se levantou e caminhou na direção de Ivan.

— Doente? Não. Estou bem! Muito bem! Você quer um pouco de chá?

Ivan recusou. Só então ele percebeu por que Smerdyakov parecia tão diferente. Ele não estava usando suas habituais roupas de empregado, e sim o melhor paletó do pai.

— Por que está usando esse paletó? — perguntou Ivan. — E essa alegria toda? Nosso pai acabou de morrer...

O sorriso de Smerdyakov desapareceu de seu rosto imediatamente.

— Achei que, entre todas as pessoas, você entenderia — disse Smerdyakov, com semblante sério.

— Como assim? — Ivan ficou ainda mais confuso. não estou entendendo você.

— O homem que era nosso pai está morto. O homem que nos negligenciou e nos tratou mal está fora das nossas vidas para sempre. Toda a fortuna dele será dividida entre nós quatro. Hoje é um dia feliz. Achei que você ficaria grato.

O coração de Ivan começou a bater um pouco mais rápido.

— Grato? Grato pelo quê?

— Por eu ter nos livrado do

nosso pai! — respondeu Smerdyakov.

— Depois da nossa conversa sobre crimes bons e ruins, eu percebi o que precisava fazer. Assassinar nosso pai foi um crime bom.

E completou, diante do irmão de boca aberta:

— Preciso agradecer a você por me dar a ideia. E no fim foi até fácil. Eu fingi que estava doente e esperei até que nosso pai estivesse bêbado.

Smerdyakov se sentou com um certo floreio, como se estivesse fazendo uma reverência no final de uma apresentação de teatro.

— A polícia acha que foi Dimitri — disse Ivan, com raiva. — E ele está na prisão, aguardando o julgamento por assassinato!

Smerdyakov deu de ombros.

— Ele é muito parecido com nosso pai. Teria gastado todo o dinheiro dele na taverna e com aquela Grushenka. É melhor assim, irmão.

Ivan balançou a cabeça enquanto olhava para Smerdyakov. O menino quieto que servia chá para eles e perguntava sobre os estudos de Ivan era, na verdade, um assassino frio e calculista. E o que era ainda pior: alegou que quem tinha lhe dado a ideia de matar o próprio pai fora Ivan!

CAPÍTULO DOZE

Em todos os dias do julgamento de Dimitri, o tribunal ficou lotado. Ivan tentou contar para a polícia a confissão de Smerdyakov, mas ninguém acreditou nele. Smerdyakov era um menino-empregado bastante quieto. Já Dimitri era um ex-soldado que vivia irritado, que gostava de festejar demais e odiava Fyodor. Entre os dois, Dimitri era o maior suspeito.

Cada uma das testemunhas que era chamada dizia ter visto Dimitri Karamazov na noite do assassinato.

E que ele foi visto com cara de bravo, indo na direção da casa dos Karamazovs com um atiçador de ferro.

Nem mesmo o próprio Dimitri não podia negar que aquilo era verdade. Ele argumentou repetidas vezes o fato de não ter matado o próprio pai, mas não conseguiu provar. A única coisa que manteve o ânimo de Dimitri foi ver os irmãos no tribunal. E Grushenka. Diariamente, ela foi sempre a primeira a se sentar entre os presentes para assistir ao julgamento.

No último dia, Ivan e Alyosha ficaram surpresos ao ver Katerina presente no tribunal.

Desde o dia em que ela deixou Skotoprig, Ivan e Katerina

mantiveram contato
por meio de cartas.
Ivan tinha certeza
de que os
sentimentos de
Katerina por ele
se intensificavam aos
poucos, mas ela não havia mencionado
que iria ao julgamento.

    Até que em pouco tempo ficou claro
por que ela estava lá: Katerina era
uma das testemunhas.

    — Você pode nos falar sobre
seu relacionamento com Dimitri
Karamazov? — perguntou o juiz.

    — Nós estávamos noivos —
respondeu Katerina. — Porém não
temos mais nenhum compromisso.

— E por que está aqui hoje?
Ivan respirou fundo. Ele esperava que Katerina estivesse ali para dizer ao tribunal que Dimitri não podia ser um assassino. Ele olhou para Alyosha, que devolveu a ele um sorriso tranquilizador.

— Eu tenho provas — disse Katerina, tirando uma carta do bolso do vestido. — Uma evidência de que Dimitri Karamazov é capaz de ter matado o próprio pai.

Alyosha pareceu alarmado.

— O quê? Não pode ser verdade!

Ivan ficou chocado demais para falar alguma coisa.

Katerina limpou a garganta e começou a ler uma carta que Dimitri havia escrito quando ainda estavam noivos. Falava sobre a herança da mãe de Dimitri e de como ele odiava o pai guardar aquele dinheiro somente para ele mesmo. Até que finalmente ela leu as palavras que condenaram Dimitri.

—...Meu pai nunca vai me dar o dinheiro que mereço e é meu por direito. Acho que a única maneira de conseguir será se ele morrer. E, se isso não acontecer logo, vou ter que fazer eu mesmo —, leu Katerina. Ela dobrou a carta e a colocou de volta no bolso.

Ivan afundou a cabeça nas mãos. Alyosha começou a rezar.

O juiz saiu do tribunal para pensar na conclusão do caso que anunciaria a seguir. E não demorou muito.

Todos no tribunal ficaram em silêncio enquanto o juiz olhava para o acusado.

— Dimitri Karamazov, você foi acusado do assassinato de seu pai, Fyodor Karamazov. Eu o considero culpado deste crime! Você não admitiu a culpa, o que torna as coisas piores para você. Ficará na prisão pelo resto de sua vida.

Grushenka se levantou e gritou.

— Não! Isso é tudo culpa sua! — Grushenka apontou para Katerina e Ivan conseguiu ver que Katerina também estava chorando.

Enquanto Dimitri era levado de volta para a cela em que estivera preso antes do julgamento, ele deu uma última olhada nas pessoas que mais amava no mundo: seus irmãos

EPÍLOGO

Depois do julgamento, Dimitri não sentiu raiva. Ele se deu conta de que se tivesse sido um homem melhor, o tribunal teria acreditado que ele não era capaz de matar.

Dimitri pediu a Alyosha que levasse Katerina até a cela dele para que pudesse se desculpar pela forma como a havia tratado. Ele segurou a mão dela e disse que não a culpava por ter ido ao julgamento.

Katerina aceitou o pedido de desculpas de Dimitri.

Desde que o juiz pronunciara a palavra "culpado", ela estava se sentindo mal pelo que havia feito no julgamento.

Ainda que Dimitri tivesse mesmo enviado a tal carta, Katerina sabia que, no fundo, ele nunca teria matado o próprio pai. Por meio de cartas, Katerina havia se aproximado de Ivan e, juntos, tentavam entender como e se poderiam libertar Dimitri.

E conseguiram convencer a polícia a conversar com Smerdyakov. Porém, quando chegaram à sua casa,

Smerdyakov havia desaparecido. Aparentemente não havia mais nada que pudessem fazer para tirar Dimitri da prisão legalmente.

    Todos os dias Alyosha orava a Deus para que mostrasse a ele a coisa certa a fazer. E ele então finalmente entendeu o que o padre Zosima tinha enxergado no futuro de Dimitri. Como havia prometido ao sacerdote ajudar Dimitri, Alyosha concordou em ajudar Ivan e Katerina a elaborar outro plano para libertá-lo.

    Grushenka jamais perdoou Katerina pelo que ela havia feito no julgamento. Entretanto, ela sabia que todos eles precisavam trabalhar juntos para libertar Dimitri. Até que concordaram em um plano e, na calada da noite, ajudaram Dimitri a escapar da prisão.

Um dia antes da fuga, Grushenka vendeu sua taverna.

Juntos, Dimitri e Grushenka agora tinham dinheiro suficiente para deixar a Rússia rapidamente. Embora estivessem fugindo, finalmente haviam encontrado a paz estando um ao lado do outro.

Após o escândalo da fuga, Katerina e Ivan se casaram. Pouco tempo depois já tinham a própria família para cuidar. As duas filhas do casal cresceram em um lar cheio de amor e alegria. Aquele era o tipo de família da qual Ivan sempre quis fazer parte.

As irmãs Olga, Masha e Irina moram no interior da Rússia e cuidam da linda casa que seus pais deixaram. Olga e Irina desejam voltar para Moscou, onde acreditam que tinham uma vida mais feliz, enquanto Masha vive um casamento miserável com um homem que ela não ama. Então, o irmão delas, Andrey, se casa com a exigente Natasha, que está determinada a fazer mudanças, e não são para melhor. Levando uma vida sonhadora, as irmãs procuram uma forma de mudar sua história, longe da solidão, da angústia e do tédio.

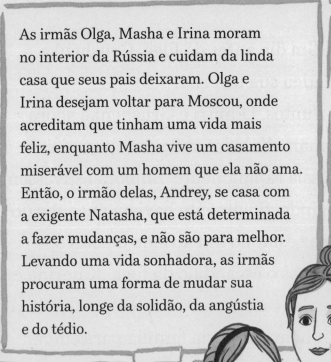

Será que irmãs conseguirão se manter fiéis ao que mais as agrada ou perderão tudo?